魔法图书馆

绿野仙踪大斗法

［韩］安成熿/文
［韩］李景姬/图
赵英来/译

海峡出版发行集团
海峡文艺出版社

每当作家用心创作出一部妙趣横生的作品时，幻想王国中就会诞生与作品相应的故事王国。

人们所知道的故事中的主人公，也都生活在幻想王国相应的故事王国之中。

一天，黑魔法师偷偷溜进知识场图书馆（魔法图书馆）中，把管理图书馆的魔法师托尼变成史莱姆，试图偷走具有强大魔力、能够统治幻想王国的黄金书签！

万幸的是，黄金书签具有自我保护能力，在黑魔法师到来之前预感到了危险，早已四散到各个故事王国中去了。

魔法书具有神奇的力量，能将散落各处的黄金书签收集在一起。现在，请让我们带上魔法书出发吧。

托尼

甘妮

到了翡翠城，意外成了翡翠城的市长。戴上多萝西送的黄金眼镜后，突然性情大变……

尼妮

为了拯救突然变得异常的姐姐，独自踏上了冒险之旅。旅途中遇见了稻草人、铁皮人、狮子，她们齐心协力，用自己独特的方式闯过重重难关。

多萝西

为了学习魔法前往南方国家的多萝西，竟然出现在了翡翠城！到底发生了什么事情呢？

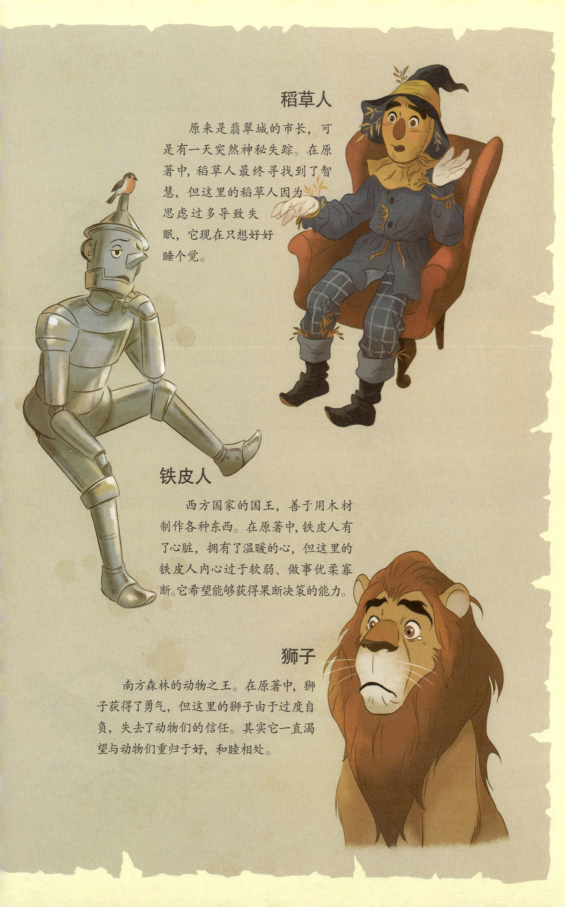

稻草人

　　原来是翡翠城的市长，可是有一天突然神秘失踪。在原著中，稻草人最终寻找到了智慧，但这里的稻草人因为思虑过多导致失眠，它现在只想好好睡个觉。

铁皮人

　　西方国家的国王，善于用木材制作各种东西。在原著中，铁皮人有了心脏，拥有了温暖的心，但这里的铁皮人内心过于软弱、做事优柔寡断。它希望能够获得果断决策的能力。

狮子

　　南方森林的动物之王。在原著中，狮子获得了勇气，但这里的狮子由于过度自负，失去了动物们的信任。其实它一直渴望与动物们重归于好，和睦相处。

东方魔法师

在原著中,一股强大的龙卷风刮来了多萝西的房子,东方魔法师被压死在房子的一角下。利用黑魔法的力量复活后,她想要找多萝西报仇,但是……

西方魔法师

原著中,她害怕黑暗和水。在抢夺多萝西的鞋子后,被愤怒的多萝西用水泼死。她顶着干枯毛糙的黑头发,有一只非常厉害的眼睛,可以看到很远的地方。

南方魔法师

她是奥兹国里最厉害的女魔法师,也是一个心地善良的好魔法师。她教会了多萝西诸多魔法。

飞猴

因为受到西方魔法师的诅咒,必须为戴金帽子的主人完成三个心愿。喜欢恶作剧,总是吵吵嚷嚷,聒噪不已。

金帽子

可以召唤飞猴，帮助主人完成三个愿望。帽子上面镶嵌有宝石、钻石等各种名贵珠宝。

黄金眼镜

多萝西送给甘妮的礼物，让她在寻找黄金书签时佩戴。眼镜边框镶嵌有华丽的宝石，眼镜片是金黄色的。

手镯

南方魔法师格琳达送给狮子、稻草人、铁皮人每人一个手镯，让它们在危急时拿出来使用。只要三个手镯集合在一起，就可以随时召唤多萝西。

银色鞋子

在原著中，多萝西用房子碾死东方魔法师后，得到了银色鞋子。两只鞋后跟碰撞三下，就能去往任何想去的地方。

目 录

引子　个人魅力

对于我来说，每一天都很愉快啊！

什么？每天发生的事情怎么可能都记得住啊？

我有这个呀！

看来甘妮的日记写得很认真呢。

这可不是普通的日记，而是我自己设计的创意日记本。最近很流行这种加上装饰贴纸的手工笔记呢！

真漂亮啊！我也要写日记。

从1月1日开始写日记，怎么样啊？

不要。我今天就要写。

第一章 多萝西的礼物

一阵耀眼的光芒闪过，甘妮、尼妮和棉花糖穿越到了奥兹国。孩子们睁开眼时已身处在翡翠城的中心广场。

翡翠城的市民们个个穿着相似的绿衣服，头上戴着高高的绿帽子。奇异的绿光笼罩着一切，整个翡翠城的天空也被染成了绿色。

　　突然，人们朝着甘妮和尼妮蜂拥而至，他们都用惊异的目光打量着二人。人群中有人问道："你们两位是奥兹的魔法师吗？"

　　"不是的。我们只是旅行者。"甘妮回答。

　　另外的人又问尼妮："你手里拿着的是魔法书吧？"

　　"没错。但是……"

　　没等尼妮说完，翡翠城的市民兴奋地高呼道："奥兹的魔法师！看来我们的城市迎来新市长了！"

　　甘妮和尼妮不断地挥手否认，但是似乎并没有什么用。

　　"来了两位新市长啊！还有一只可爱的小狗！"

　　不一会儿，翡翠城变成了欢乐的海洋，欢呼和掌声此起彼伏。

　　"请二位进入到翡翠宫殿吧！"士兵们拉来了一辆镶满珠宝的马车。在市民们的热情簇拥下，两个人只好坐上了马车。

尼妮，这好像不太好啊。

 他们想让我们当市长，这有什么问题吗？也不是什么危险的事。

 我们难道不去寻找黄金书签了吗？你忘记我们来这里的目的了？

 我们就在这里住一天嘛！求求你了，姐姐……

 好吧，说好了就一个晚上。

 呵呵呵呵！

宝石马车穿过高大的城门进入宫殿里面。

"虽然不是头一回来到宫殿，但是当市长还是第一次。"尼妮说。

姐妹俩和棉花糖一起兴奋地在宫殿里跑来跑去，欣赏着这里的一切。

这时一位仆人匆匆赶来："欢迎派对已经准备好了，请换上裙子后前往花园。"

甘妮和尼妮换上了漂亮的裙子，跟着仆人的指引来到了花园。欢迎仪式正式开始。人们纷纷向甘妮和尼妮低头致意并鼓掌欢迎。

甘妮和尼妮尽情享用着美味的食物和饮料。她们在与翡翠城的市民们交谈过程中得知了一些事情。

统治翡翠城的稻草人市长几个月前突然消失，目前为止一直处于失踪状态，所以市民们急切期盼着能出现一位新市长。

欢迎派对即将结束之时，来了一位客人。她就是奥兹国的主人公多萝西。多萝西听说甘妮和尼妮成了市长，于是带着礼物前来祝贺。

甘妮对多萝西低声说道："我们可能很快就会离开这里，而且我们并不想成为真正的市长。"

"我知道。你们是穿越到这里来寻找黄金书签的，对吧？这个送给你，希望能助你们一臂之力。"多萝西从怀里掏出一副眼镜。那是一副闪着金光的华丽的眼镜。

"只要戴上它，就很容易找到金黄色的东西。"多萝西说完便消失得无影无踪。

翡翠城里夜幕降临了，包括宫殿在内的所有的房子都熄灯了，街道上一排排商店也紧闭着大门，周围的世界仿佛陷入无尽的黑暗之中。黑漆漆的小巷里出现了一个小小的黑影。影子缓缓移动到巷子尽头的一堵墙的前面，然后对着墙自言自语道："已经送过去了。想必很快就能看到效果了。"

这时，一个长长的影子像一缕烟一样从墙里飘了出来。小黑影立刻吓得瑟瑟发抖。长长的大影子用阴沉的声音问道："你应该知道，我为什么会让你复活。"

"当……当然了，我明白。只要给我一些时间，我一定能找到黄金书签。"

"你的命是我给的。一定要记住！"

话音刚落，长影子就消失在夜色了。

小黑影无力地瘫坐在地上。斗篷的帽子慢慢滑落下来，清冷的月光照射到她的脸上。

"多萝西……我一定会报仇的。"

让人意想不到的是，咬牙切齿说着这句话的正是多萝西本人。

第二章　翡翠宫殿

第二天早晨，尼妮在柔软舒适的大床上睁开了眼睛。环顾四周，甘妮却不在房间里。棉花糖倒是在床脚处静静地趴着。

"棉花糖，快起来。虽然有点舍不得，但是我们要出发了。"

尼妮对还在睡梦中的棉花糖说。这时卧室的门突然打开，甘妮昂首阔步走了过来。奇怪的是，甘妮的头上戴着一顶高高的金帽子。

"尼妮！你能让一下吗？"

还没等尼妮反应过来，甘妮身后的仆人们呼啦啦进入房间。甘妮指着卧室的各个角落对仆人们说："把枕套和床单统统换掉。窗帘也不伦不类的，那个土里土气的衣柜也一起扔掉吧。"

尼妮疑惑地问甘妮："姐姐，你怎么了？我们不是要走了吗？"

"尼妮，你最好也换一套衣服。然后像我一样戴一顶漂亮的帽子。"甘妮提高嗓门说。

尼妮在甘妮耳边悄悄地说：“我们不是说好只住一晚嘛。你现在怎么了？”

甘妮将尼妮一把推开，不耐烦地说：“我现在不想跟你说这些。我得出去转一转。要想让这个老掉牙的城市焕然一新，一分一秒也不能耽搁。”

随后，她向仆人们发号施令：“传我的命令，让市民们扔掉原来戴的帽子，让他们换成我这样的金色帽子。”

“姐姐……你难道真的想成为翡翠城的市长吗？”尼妮不可置信地急忙询问。

甘妮撇嘴一笑回答道：“尼妮，我将会统治所有国家，成为万国之王。”

这时，尼妮才注意到，甘妮正戴着金色眼镜。

姐姐，那边好像有人找你。你看是爱丽丝还是彼得·潘？

 真的吗？哪里啊？

甘妮转过头去的一瞬间，尼妮猛然跳起。她想把甘妮的金色眼镜给摘下来。

 哎呀！怎么摘不掉啊？

 你到底在干什么？

 姐姐，你把眼镜摘下来一下。

 不要。我绝对不会摘下它。

 姐姐，自从你戴上眼镜后就变得很奇怪！

 你不要妨碍我。多萝西不是说了吗？只要戴上这个黄金眼镜很容易就能找到黄金书签。

 你忙来忙去的，到底要在这里做什么呀？

 我得去工作了。又得寻找黄金书签，还得改造翡翠城，真忙啊。

 你在这里有什么可忙活的？

甘妮不再理会尼妮，独自朝着花园走去。

尼妮掏出手机搜索"摘掉黄金眼镜的方法"，结果一无所获。

灰心丧气的尼妮跟棉花糖一起在宫殿里漫无目的地闲逛，不经意间走到了一排书架前面。那里摆放着数不清的各类书籍。尼妮选了几本书打开看了看，但是完全看不懂里面的内容。她刚要把书放入书架的时候，从书架间的缝隙中掉落一个小小的东西。

咚!

尼妮拿起那个东西端详。

"这不是书签吗?"

从外观上看，无疑是一个很古老的旧书签。

这时，棉花糖突然汪汪汪叫个不停。

"棉花糖，你怎么了?"

尼妮急忙把书签放进自己口袋里，快步走到棉花糖的旁边。棉花糖一直盯着上面，不停地叫唤。

"这里难道有什么特别的气味吗?"

尼妮从书架上又抽出一本书，没想到这时脚下的地板突然开始转动，尼妮和书架一起旋转了一圈。

吱嘎吱嘎……

还没等反应过来，尼妮和棉花糖已经来到了书架的背面。那里原来有一个小书房，不知什么人戴着草帽，坐在桌子前面。

尼妮虽然很害怕，但是壮着胆子问道："你好？我是来这里旅行的尼妮。你是谁啊？"

"我没有时间，简直太忙了。一本又一本，我要翻看好多书。"用麦秸做成的稻草人开口说道。

"稻草人，原来你在这里啊！你在找什么呀？"尼妮吃惊地问。

"跟多萝西一起结束冒险旅行后，我就获得了聪明的头脑，但是从那以后烦恼也随之多了起来。"

稻草人告诉尼妮，虽然它拥有了智慧，但是脑子里总是思绪万千，每天都有想不完的事情。这也导致它患上了严重的失眠症。为了解决这个问题，它才把自己关在暗室里独自研读各类书籍，试图从书中寻求答案。

尼妮问稻草人有没有看到黄金书签，稻草人摇了摇脑袋。

尼妮迟疑了一会儿，她在考虑要不要把甘妮的事情告诉稻草人。犹豫再三，她还是没有说出口。因为稻草人给人感觉总有些怪怪的。

尼妮从稻草人的书房里出来后，抬头就看到多萝西站在书架前。

"吓我一跳！"尼妮大吃一惊，尖叫起来。

"你好啊，尼妮。你在这里做什么呢？"

"没，没什么。就是随便看看书而已。"

面对多萝西的提问，尼妮含糊其词地回答后快速离开了。尼妮走后，多萝西从书架上拿出一本书。

此时书架再次转动起来。

听到动静，稻草人猛地回头看了看。

"你原来一直在这里呀，稻草人先生。"多萝西说道。

"多萝西从不称呼我为稻草人先生，真奇怪。不管怎么样，欢迎你来到这里。你什么时候回到翡翠城的？"稻草人问多萝西。

多萝西没有回答，而是意味深长地轻轻点了点头。

她走到稻草人身边说："你有地下室的钥匙吗？"

稻草人挠了挠头，不知如何回答是好。

第三章 戴上黄金眼镜

黑夜里，多萝西到达了西方魔法师的城堡。城堡看起来荒废了很久。多萝西扯下蜘蛛网进入到城堡里面。走进西方魔法师的房间，多萝西看到地上有褐色印记。

她对着那个印记，闭着眼睛开始念诵咒语。

"哈拉瓦——雷迪拉——波！重新复活吧，西方魔法师。"

不一会儿，从地上的印记里冒出一缕缕褐色的烟雾。烟雾缓慢升腾，凝聚在一起变成了人形的模样。原来这就是西方魔法师。她相貌丑陋，身材干瘪，眼睛只有一只，头发像枯草一样干枯毛糙。

"这到底是怎么……"西方魔法师一脸茫然。被烟雾笼罩着的西方魔法师，上下打量着自己，仔细看了看自己的手和脚。

"复活的感觉怎么样啊？"多萝西问道。

啊啊啊啊！

西方魔法师吓得向后重摔在地。害死自己的罪魁祸首多萝西，现

在正笑眯眯地看着她。

"拜你所赐，我死得好惨啊！"西方魔法师大声喊道。

这时，多萝西露出了神秘的微笑，随后喃喃自语地念起咒语。不一会儿，多萝西的外表像冰淇淋一样一点一点开始融化，终于露出了本来面目。

"别惊讶！我是东方魔法师。"

西方魔法师长舒了一口气后，急忙向东方魔法师表达自己的感激之情。东方魔法师接着说："我耗费了大半生的魔力才把你复活过来。当然了，这世上没有免费的午餐，从今以后你要为我所用，帮我复仇。"

"只要能报复多萝西，你让我做什么都行。"

"现在开始你就是我的手下。我需要一顶金帽子，有了它，我们就能从多萝西那里抢回我的银色鞋子，还能找到黄金书签。"

听完东方魔法师说的话，西方魔法师若有所思地点了点头。此时在远处有一个神秘的身影，正观察着两个人。

汪汪

另一边，尼妮在卧室里等待甘妮回来，没过多久，尼妮就不知不觉地睡了过去。忽然，她被棉花糖急促的叫声给吵醒了。棉花糖对着魔法书狂吠着，放在地上的魔法书正来回摇摆，仿佛马上就要被翻开了。

"尼妮！"随着一阵蓝光乍现，托尼从魔法书中跳了出来。棉花糖叫得更猛烈了。托尼拉长了身体，把棉花糖温柔地抱了起来。

"嘿嘿嘿，我们的小狗狗可真可爱啊。"

刚才还狂吠不止的棉花糖，此时已经在托尼怀里摇起了尾巴。

"托尼，现在也不是什么危急时刻，你怎么来了呢?"尼妮问道。

托尼对尼妮说："你们昨天见到的多萝西，其实是东方魔法师变的！"

"什么？是真的吗？"尼妮吃惊地一下子从床上蹦了起来。托尼把自己的所见所闻一一告诉了尼妮。尼妮也向托尼透露说，总感觉甘妮戴的黄金眼镜有些问题。

"姐姐一定是被魔法控制住了。"

听了尼妮的一番话，托尼解释道："黄金眼镜被施了诅咒，佩戴这副眼镜的人只要看到金黄色之外的东西，就会不自觉地感到丑陋，并产生厌恶之情。"

再这么下去就要出大事了。

一定要尽快解除甘妮身上的诅咒。

托尼话音刚落，便被吸入魔法书中。

直到深夜，甘妮才回到宫殿。尼妮紧闭双眼，假装已经睡着的样子。

过了一段时间，甘妮的呼吸越来越平稳，似乎已经进入了梦乡。但是心事重重的尼妮却迟迟无法入睡。尼妮抱着棉花糖悄悄走到姐姐身边。不出所料，甘妮睡觉时也戴着眼镜。尼妮先把棉花糖轻轻放到甘妮的怀里，然后用双手拿起黄金眼镜。

就在这时，甘妮突然睁开了双眼："尼妮，你在做什么？"

"姐……姐姐，我怕你睡着不舒服，想帮你把眼镜摘下来。"

"没关系，戴着它反而更舒服。"

甘妮再次睡去，可是尼妮辗转反侧，彻夜未眠。尼妮思来想去，还是觉得稻草人说得对，现在只能去寻求南方魔法师格琳达的帮助。除此之外，别无他法。

可是，尼妮没有勇气一个人前往遥远的南方国度。

"一直以来我能随心所欲地做各种事情……都是因为有姐姐的守护。"

自从甘妮戴上黄金眼镜后，尼妮就感到十分孤独。尼妮想着想着眼泪就不由自主地夺眶而出。

早晨天一亮，宫殿里又开始忙碌起来。仆人和士兵们叮叮当当忙着改造和装修宫殿。尼妮洗漱完毕就去找甘妮。

姐姐，我在书架上发现了这个。这会不会是黄金书签啊？

这么破烂的东西怎么可能是黄金书签呢！

直觉告诉我，它不是一个普通的书签。我们又不是第一次找黄金书签……

来来，大家过来集合！

姐姐，为……为什么呀？

你们仔细看看，认为这个是黄金书签的举手示意我！

为……为什么没有一个人举手？

那你们觉得这是什么东西？

这不是垃圾嘛！请您给我，我马上丢掉它。

尼妮，看到了吧？这可不是什么黄金书签。

是……是这样吗……

 尼妮，这个还给你。要不要扔掉它，你看着办吧。

 知道了……但是……

尼妮，我很忙，不要再让我操心了。

 你也不用说得这么狠心啊。

不说你的事情了。大家仔细听好了！我要发布一个重要公告：从今天开始，这里将不再是翡翠城！

 "以后，这里就叫黄金城。我们要建造一个金光闪闪的宏伟建筑作为新宫殿。所以，你们让市民们把家里所有的金色物品都统统交上来。"

呼啦啦啦——

接到命令的士兵们，马不停蹄地向宫殿外跑去。

看到这一切，尼妮终于下定决心离开翡翠城。

第四章 稻草人的烦恼

尼妮一直沿着黄砖铺成的路往前走。

"没必要在大庭广众之下让我难堪吧。"

还在气头上的尼妮，恨不得自己一个人回到现实，不搭理被诅咒的甘妮。但是转念一想，虽然现在困难重重，自己也绝不能够放弃。

　　"不行，我得去救姐姐。"

　　尼妮登上山坡后，坐下来休息一会儿。绚丽多彩的霞光照耀着五彩缤纷的花朵们。微风淡淡地吹过，一朵朵花儿随风摇曳，像少女的裙摆飘动。

"救命啊!"

尼妮对着声音传来的方向,用手机咔嚓照了一张相。将手机图片放大后才发现,原来有一个稻草人被卡在花园旁的栏杆上,四肢胡乱挣扎着。尼妮赶忙跑向那里。

棉花糖汪汪叫着,跑在尼妮前面。刚进入花园,棉花糖的脚步就慢了下来,随即扑通一声倒在地上。

"棉花糖! 你怎么了?"尼妮慌忙奔向棉花糖。

花圃里有大团大团猩红的罂粟花,艳丽的色彩几乎使尼妮目眩。原来棉花糖是被罂粟花的香气给迷晕了。尼妮的腿也渐渐失去了力气,强大的困意席卷而来,眼前的一切慢慢变得模糊不清。

"不能睡着……不能……"

尼妮强忍着睡意,打开了魔法书。她拿出"口罩"二字,将口罩戴在脸上,但是没有任何效果。

"在这里睡过去,就永远醒不过来了。我记得书上好像是那么写的!"

尼妮勉强打起了精神。她突然想起,新闻里曾经报道过,有些上班族为了防止病毒传播,戴着防毒面具乘坐公共交通工具。

　　尼妮从魔法书中再次掏出"防毒面具"几个字。戴上防毒面具后，她终于清醒过来。

　　这时，不远处传来了呼喊声。

　　"嘿，我在这边！"

　　"虽然不知道你是谁，但是请你救救我！"挂在栏杆上的稻草人哀求道。

　　尼妮抱着熟睡中的棉花糖走向稻草人。

　　"啊啊啊！你到底是谁啊？"稻草人看到戴着防毒面具的尼妮，惊恐地浑身发抖。

　　尼妮把杆子向下一弯，稻草人就迅速地从栏杆上跳了下来。稻草人看着尼妮说："我们先离开这里吧。"

　　尼妮跟着稻草人，从广阔的罂粟花圃里穿了出来。刚一出来，尼妮就摘下防毒面具，做了几下深呼吸。

"你不是宫殿里见过的旅行者吗？不管怎样，真的很感谢你。"

稻草人向尼妮表达了谢意。随后，它将最近发生的事情告诉了尼妮。

我是被邪恶的东方魔法师弄到这里的。宫殿里的多萝西是假冒的，假多萝西找到了我的书房……

稻草人先生，请把地下室的钥匙借给我吧。

钥匙是非常重要的。我们不是约定过，谁也不能轻易打开地下室吗？难道你忘了？

让你给，你就给。怎么那么多废话！

你真的是多萝西吗？我印象中的多萝西不是这种人啊。

你不要管我是不是多萝西，按照我说的做就行！

不，你到底是谁？

嘶嘶嘶，嘶嘶嘶嘶——

现在你知道我是谁了吧？

东方魔法师！

你要是不把钥匙交给我，我就把你牢牢绑在栏杆上。

听了稻草人的一番话，尼妮说："我姐姐确实是被诅咒了。她戴上假多萝西送的眼镜后就性情大变。"

尼妮也把宫殿里发生的一切都告诉了稻草人。

一来到翡翠城，人们就把我和姐姐团团围住。他们以为我们是奥兹的魔法师，于是把我们带到了宫殿……

尼妮又拿出了自己找到的书签。稻草人仔细地看了看。

书架上这样的书签不止一个。为了防止别人偷走黄金书签，我做了很多仿制品，放在书架上的各个角落。

你当时也没跟我说呀！

对不起，那时候我精神恍惚，也不知道发生了什么。被邪恶的魔法师绑在这里后，我才慢慢清醒过来！

那我们现在要怎么做呢？

真正的多萝西现在在南方国家，跟着善良的魔法师格琳达学习魔法。要不然我们去请求她们帮助吧。

好啊，那就这么定了！

正好我也有事相求。

你有什么事情呢？

我因为得到了聪明的大脑，所以成了翡翠城的市长，但是自此之后每天思绪万千，我的脑袋得不到片刻的休息。这让我很痛苦。

那多读一些书怎么样？沉浸在书海中，就不会胡思乱想了。或者找人聊聊天？再比如……吃很多好吃的东西，也不失为一个好办法。

　　这些我都尝试过，统统没有效果。刚才你也看到了，哪怕是在婴粟花圃中，我也毫无睡意。

那会不会是因为你是稻草人的缘故呀？

　　啊，没错，也许是吧。不管怎么样，我要找到格琳达和多萝西，请求她们告诉我治疗失眠症的方法。

好的，那我们马上出发吧！要往哪边走呢？

　　南方国家中有一个魔法岛，但不是谁都可以去到那里。我们最好是用咒语，把多萝西从那里召唤过来。

哇！你要使用魔法吗？快点试试看。

　　我自己恐怕很难做到。我需要铁皮人和狮子的帮忙。

稻草人挠了挠头，随即掉下几根稻草。这时，稻草人又从怀里掏出一个小手镯。

当初，格琳达送给狮子、稻草人、铁皮人每人一个手镯，让它们在紧急情况下使用。手镯上施有魔法，当狮子、稻草人和铁皮人三人一起念诵咒语之时，无论在哪里，多萝西都会被召唤回来。

听了稻草人的话，尼妮说道："当务之急是要找到铁皮人和狮子！"

"今天太阳已经落山了。我们在树林里住一晚，明天再出发吧。"

稻草人从怀里掏出稻草，做出一个松软的床铺。随后，尼妮从树林里摘来了野果子，稻草人则在河里抓来了鱼。吃饱喝足后，尼妮抱着棉花糖沉沉睡去。稻草人一整晚都站在帐篷外，守护着尼妮。

第五章 铁皮人的眼泪

第二天，尼妮和棉花糖、稻草人为了寻找铁皮人向西方国家出发了。之前在与多萝西的冒险旅行中，铁皮人获得了梦寐以求的温暖的心脏，现在它已经成了西方国家的国王。它的制作手艺超群，能用木头做成各式各样的东西，因此把国家打理得既美观又整洁。听了稻草人的话，尼妮心中充满了期待："哇！真想快点去啊！"

不知不觉中，一行人已经到达了西方国家。只要沿着林荫道一直走下去，就会看到树宫。这时，树林里传来了奇怪的声音。

"吱啦吱啦，吱啦吱啦！"

棉花糖竖起耳朵，向着有声音的方向吠叫。稻草人和尼妮也朝着发出声音的方向走去。意想不到的是铁皮人出现在了他们眼前。这时，铁皮人正托着下巴无精打采地坐在树枝上。

身体生锈了……吱嘎……

张不开……吱嘎吱嘎……

我的嘴……根本……

稻草人抱住树干弯下了腰。尼妮踩着稻草人的腰爬到树枝上。她一点一点蹭到铁皮人的身边，拽了一下。可是，铁皮人实在是太沉了，以尼妮一己之力根本拖动不了。尼妮靠在树枝上，说："想要救铁皮人该怎么做呢？快点想想办法吧，稻草人。"

"对了！要想让铁皮人活动自如，我们需要给它上一点油！"稻草人说道。尼妮也想起曾经在书中看到的内容。她打开魔法书，拿出"油"字抛向空中。顷刻间，数不清的油桶从空中掉落。

香油、苏子油、葡萄籽油、葵花籽油、南瓜籽油、糙米油、橄榄油、椰子油等源源不断地洒了出来。看到这种情况，稻草人摇着头说："不是这种食用油，是机械上使用的润滑油！"

这次，尼妮从魔法书里又掏出了装满润滑油的喷壶。

我们需要找出生锈的地方（●），然后喷洒上润滑油。你能帮我找到铁皮人身上生锈的部位吗？

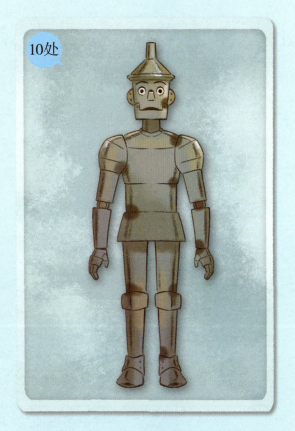

10处

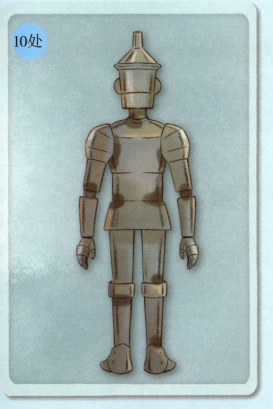

10处

7处

"身体终于能动了！呦吼！"

铁皮人舒服地伸了一个懒腰，一下子跳到树下。它看到稻草人显得格外开心，两人热情地打了招呼。它还向给予帮助的尼妮表达了谢意。寒暄过后，稻草人把最近翡翠城里发生的事情告诉了铁皮人。

 东方魔法师复活了。它冒充多萝西，似乎在谋划一些见不得人的勾当。

这不是一般的阴谋。奥兹国将要陷入危险之中了。

 我们想要召唤多萝西，你能帮助我们吗？

没问题。今天就住在树宫里，明天我们一起去找狮子吧。

 但是，你为什么直到身体生锈，还坐在树干上呢？

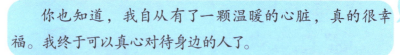
你也知道，我自从有了一颗温暖的心脏，真的很幸福。我终于可以真心对待身边的人了。

 当然，这个我很清楚！

但是没过多久，问题就出现了。我的内心过于软弱，做事也总是优柔寡断，这也导致我没有办法作出任何判断和决定。

王国里总会发生大大小小的各种事情，这个时候都需要你去进行决策和处理吧。

没错，但是听了各方的意见后，我认为公说公有理，婆说婆有理……不知道支持哪一方才好。

真是难为你了。

因为有了心脏，我感受到了世间的爱，但是我也经常因为心肠软弱而烦恼、痛苦。

天啊，这……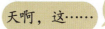

为了摆脱人们的纠缠，我独自躲到森林里。本想在树枝上思考一下，结果不小心睡着了。没想到在这期间下了一场暴雨，当我醒来后就已经生锈了。

铁皮人一边说着，一边流下了润滑油眼泪。

尼妮一行人边走边聊，不一会儿就到了树宫。正如稻草人所说，这里的一切都是木制品。小到日用品、道具，大到高大的房子，全部都是木头做成的。进入宫殿后，铁皮人就让厨师去准备晚餐。

 尝尝我们王国的美味佳肴吧。这是用树林里新鲜采摘的果实、植物、蘑菇和坚果等做成的特别料理。我要好好款待一下远道而来的朋友们。

哇，这也太丰盛了吧。

 万万没想到，素菜也能如此美味。简直做梦都想不到。

哈哈哈哈。

 如果见到格琳达和多萝西，我要跟她们说说我的失眠症。

我也要咨询一下怎么做才能拥有决断力，让我迅速地作出正确的判断。

 那制造出台式电脑或平板电脑之类的，不就都能解决了嘛！

电……脑？那是什么？

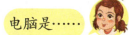电脑是……

 啊！难道是比稻草人的头脑更厉害的机器？

哼！你这样作比较，我感觉不太好。

 稻草人，对不起。我不该这样。

没关系。我这么聪明，肯定会原谅你的。

 哈哈哈哈。

第六章 寻找狮子

狮子生活在翡翠城和南国之间的一片茂密的森林里。想要进入森林，必须要穿过一条大河。尼妮一行人顺利地来到河边。河流虽然比较平缓，但是河面很宽，河水看起来也很深。

铁皮人挥舞着斧子，自信满满地说："看来到我展现实力的时候了。"

"这简直就是小菜一碟。"稻草人也附和起来。

两人不一会儿就从树林里扛来了一个粗大的原木。铁皮人将原木劈成若干个大小统一的木条，再把其中三根打磨成桨。稻草人则是从怀里掏出稻草拧成绳子，又将劈好的木条一一捆绑在一起。过了一会儿，漂亮的木筏就完成了。

"来，我们一起努力划桨吧。"

大家跟随着铁皮人的口号，铆足了劲儿划着桨。很快，三人就平安过河了。

　　刚进入森林，又遇到了更大的麻烦。森林里到处都是蚊子、蜜蜂、蛾子等飞虫。铁皮人和稻草人倒是无妨，可是对于尼妮和棉花糖来说简直难受极了。

　　尼妮拼命驱赶着各种蚊虫，根本就没办法往前走。

　　"嗞嗞!"

　　尼妮从魔法书里取出驱蚊药喷了喷，结果还是没有用。她又拿出蚊帐披在身上，但是没走几步蚊帐就缠住了脚，导致无法正常行走。

看到这种情况，稻草人思考片刻，大声说道："等一下，我想到一个好办法。"

稻草人从怀里掏出稻草，堆了满满一地，然后用稻草给尼妮和棉花糖编织了面具、手套和鞋子。

"真是太棒了。这下我可不害怕蚊虫了。"

尼妮开心地向前跑去，被稻草防护服裹得严严实实的棉花糖紧随其后。

"狮子！你到底在哪儿啊？你的老朋友们来找你了！"铁皮人大声呼喊。

一只路过的狐狸停下脚步，说："你们是狮子的朋友？噗哈哈哈。"

它边笑边跑，不一会儿就消失在树林深处。

蚊虫散去后，尼妮脱下了稻草防护服，还帮棉花糖脱下了衣服。

没过多久，她们又遇到了刺猬。

"你们在寻找狮子？沿着这条路一直向前走，就能看到尖角的岩石。估计它在那里唱歌呢。呵呵呵。"刺猬说完，匆匆忙忙去赶路了。

尼妮一行人沿着刺猬所指的方向一路前行。前面出现了一片空地，空地中央矗立着一块又大又尖的岩石。

尼妮望着岩石，大声喊道："狮子！你快点出来啊！"

"嗷嗷——"

伴随着震耳欲聋的吼叫声，只见一头威武雄壮的大狮子跃到了岩石上。

狮子大声咆哮着，那威严而嘹亮的吼声，犹如雷鸣般响彻整个森林。

是哪个不怕死的，
敢叫我的名字？

嗨，朋友！是我们！

好久不见了，伙计们。

过得好吗？许久未见。

我好想你啊，狮子。

但是，她又是谁？是多萝西的朋友吗？

你好，我是尼妮。这已经是几天来，我第三次作自我介绍了……

你的事情我已经听说了。东方魔法师竟然在策划一个阴谋，我当然不能袖手旁观了。

　　狮子决定为远道而来的朋友们举办晚宴，并向他们介绍森林里的各种动物。尼妮虽然饿得无精打采的，但是对森林里的动物也充满了好奇。

森林里来客人了！

大家各自把食物带到尖角岩石这里来！

　　狮子朝着森林深处大吼之后，威风凛凛地和朋友们说话。

74

朋友们，一会儿就会有丰盛的晚餐。我先带你们到处转转，跟我来吧。

噢——

这里是健身场，想要像我一样力大无穷的动物，时常会在这里进行运动。

对了，那边是游泳池。梦想成为我这样的游泳健将的动物，每天都会来这里练习游泳。

还有，这里是冥想岩石。动物们因为羡慕我有沉静专注的性格，所以它们总来这里修炼心性。

但是，为什么一只动物都没有啊？

大家都去哪里了？

这个……这个嘛！对了，晚餐应该准备好了，我们边吃边聊吧？

"嗷嗷——"

狮子朝着天空大吼一声。受惊的鸟儿扑腾扑腾拍打着翅膀，飞向远方。

一行人返回到有尖角岩石的空地。

"托你们的福，我才能受到这样的招待。如果姐姐也能一起来就好了。"尼妮若有所思地说。让人意想不到的是，岩石周围别说是食物了，连一只小虫子都看不见。

"这，这不可能啊。"惊慌失措的狮子再次向着空中大声咆哮。

两只浣熊从树枝后面探出脑袋，说："你不是我们森林的国王！你是虚张声势的王，是自以为是的王！"

"它以前还有朋友啊？"浣熊们嗤嗤地笑着，迅速躲到大树后面。看到这个场景，狮子怒不可遏，它咆哮着跑去抱住树干用力晃动。树叶簌簌而落，铺了一地。

狮子羞愤难当，像大猩猩一样攥着拳头疯狂拍打着胸脯。

铁皮人询问道："狮子，这段时间发生什么事情了吗？"

"我只是……想要做得更好而已……"狮子的眼睛里噙满了泪水。它平复了一下心情，开始娓娓道来："当初，这里的动物们都喜欢我勇敢威武的模样。"

随着时间的流逝，狮子变得越来越自负。好像任何事情它都能做好，谁都不如自己厉害。于是，它渐渐开始看不起比自己弱的动物。

"我是这片森林之王，我以为我做什么都没问题。"

现如今，没有一个动物愿意留在狮子身边，狮子也就成了孤家寡人。

尼妮温柔地抚摩着狮子的后背，安慰着它："狮子,我们都有类似的烦恼。"

尼妮话音刚落，铁皮人和稻草人各自说出了自己的苦恼。尼妮拿出手机，一边展示给狮子看，一边说道："我们让魔法师格琳达制造出动物们之间也能使用的智能手机吧。有了手机，朋友之间就能经常联络，互相沟通了。"

"真是个好办法！"狮子发出了欢呼声。

第七章　陶器城的巨人

另一边，在甘尼的指挥下，翡翠城里的宫殿和城市统统都变成了金黄色。现在这里不再是翡翠城，而被叫作黄金城。甘尼沉浸在随心所欲改造和装饰都城的乐趣中，不知道尼妮已经消失了。不经意间，甘妮猛然想起了妹妹，慌忙地跑向卧室。

这时，卧室中已空无一人。

"尼妮！你到底去哪儿啦？"

甘妮无力地瘫倒在床上。突然，甘妮想到一个好主意：等找到黄金书签后，将消息散布给奥兹国的全体国民，那么尼妮听到消息后，一定会赶回宫殿。甘妮对最近疏忽照料妹妹的事情感到十分愧疚，计划着等妹妹回来了要向她道歉，然后姐妹二人一同返回现实世界。

甘妮忽然起身，叫来了士兵。

　　"传我的命令，所有士兵们要仔细搜查都城里的各个角落，尽快找到黄金书签！"

　　听到甘妮的命令，士兵们点头应诺后迅速退了出去。

　　就在这时，有人敲响了卧室门。多萝西正站在门口。

甘妮询问多萝西："多萝西，你不是我们这个王国里的主人公嘛！你不清楚黄金书签的去向吗？"

　　"我来这里就是为了告诉你这件事情。"接着，多萝西说，黄金书签现在就在陶器城里。不仅如此，正在寻找黄金书签的尼妮似乎也被困在那里。

　　"什么？尼妮被抓了？"

即便是受到魔法的诅咒，甘妮也依然很担心妹妹。

多萝西安慰着甘妮说："不要太担心，甘妮。打进陶器城救回尼妮，再拿回黄金书签就行！"

"你的意思是要攻打陶器城吗？我连跟朋友都没有打过架。"

听到甘妮的话，多萝西告诉她不必担心。

甘妮询问原因，多萝西有点不耐烦地说："去了就知道了。"

甘妮听从多萝西的建议，将士兵们集结完毕后就向陶器城进发。

来到陶器城的前面，甘妮被眼前的景象逗得咯咯直笑。陶器城的围栏仅仅只有甘妮的脚踝那么高。甘妮用脚轻轻一踩，围栏沙沙地变成粉末。

"多萝西说得对！对付他们，我自己一个人就够了。"

信心十足的甘妮让士兵们返回了黄金城。陶器城中最大房子的高度充其量也只到甘妮的腰部左右。

　　这里所有的房子都是陶器做的，一踩就哗啦哗啦倒塌了。

　　"我的妹妹尼妮在哪里？黄金书签藏在哪里？"

　　甘妮一气之下将陶器城破坏得一片狼藉。陶器城的百姓们带领军队出来对抗巨大的甘妮。

士兵们手持枪械、整齐列队，气势汹汹地朝着甘妮走来。

最前面的陶器将军大声喊道："准备射击！"

所有士兵都朝着甘妮，齐刷刷摆出开枪的姿势。

甘妮突然感到有点害怕。她想找个地方躲起来，可是周围的建筑都很矮小，身材庞大的甘妮根本无处躲藏。

"开始射击！"

随着陶器将军的一声令下，士兵们一齐开枪。

"叭叭！叭叭叭叭！"

甘妮害怕地瘫坐在地上，用双臂裹住了身体。子弹从四面八方飞来，落到了甘妮的胳膊、膝盖和腿上。想不到的是，甘妮被子弹击中后没有任何疼痛感，只是感觉好像被自动铅笔芯轻轻刺了一下手背一样。

"啊？这一点也不疼啊？"

甘妮啪啪地把身上的子弹拍落下来。陶器将军和士兵对眼前的景象震惊不已，纷纷扔掉枪支四处逃窜。

"我的妹妹在哪里？快点把黄金书签交出来！"

气急败坏的甘妮更加疯狂地找寻着。但是即便是把陶器城翻了个遍，妹妹和黄金书签依然毫无踪迹。

　　突然，陶器城的市长挡在了甘妮的面前，他哭着说："你现在被魔法师诅咒了！快点醒醒吧，求求你了！"

　　但是甘妮对于市长的劝阻充耳不闻。

甘妮离开陶器城后，假多萝西解除了变装魔法，恢复了本来面目。她从怀里掏出一只蟾蜍放在地上，自言自语念起咒语："布波——布波——伽伽里桑斯！"

"砰！"

伴随着黄色的烟雾，西方魔法师出现在眼前。东方魔法师说道："现在甘妮不在这里。在她回来之前，快点把金帽子找出来。"

"虽然我只有一只眼睛，但却能看到千里之外的地方。这个宫殿也不在话下，我看得一清二楚。"

西方魔法师慢慢走到梳妆台前，将手伸进了圆形梳妆镜里："这里就是奥兹魔法师隐藏的秘密抽屉。"

西方魔法师在镜子里翻找一番后，把手抽了出来。这时她的手里拿着一把黄金钥匙。两个魔法师看到钥匙后，同时发出了令人毛骨悚然的笑声。

随后，两个人一起来到了宫殿地下的秘密仓库。

　　东方魔法师打开了秘密仓库的大门，那里堆满了奥兹魔法师们多年来收集到的各种神秘物品。在一众奇珍异宝中，有一样东西引起了西方魔法师的注意。西方魔法师快步走上前去，拿起了镶有钻石和红宝石的金色帽子。无论是谁，只要戴上这顶金帽子念诵咒语，飞猴就会出现在眼前，满足帽子主人的三个愿望。

　　"金帽子终于到我的手里了……"

"不是到你的手里，而是到了我的手里。难道这么快就忘了吗？你现在是我的手下。"

　　东方魔法师一把抢走了帽子。西方魔法师撇了撇嘴。两个人拿着金帽子避开看守的士兵，来到宫殿的后院。

　　东方魔法师戴上金帽子，金鸡独立似的用左腿站立，随后开始念起咒语：

　　"哎——泼，攀——泼，卡——基！"

　　紧接着换成右腿单腿站立，口中再次念起咒语：

　　"唏——罗，阿——罗，哈——罗！"

最后东方魔法师并立着两只脚，重新念诵魔咒：

"西——楚，如——楚，齐——克！"

天空忽然漆黑一片，狂风怒吼着，像一头庞大凶恶的怪兽，在空中肆意横行。一阵阵沉闷的雷声，由远及近、由弱到强地隆隆滚动而来。

"轰隆隆！轰隆隆隆！"

伴随着一阵呼啸声，长着翅膀的飞猴们从远处飞驰而来。

"唧唧吱吱……"

伴随着一阵吵闹声和拍打翅膀的声音，一群飞猴落到宫殿后院。其中一只体型稍大的猴王低身鞠躬后，说："请您下达三个命令。"

"仔细搜寻奥兹国的每个角落，一定要带回黄金书签！"东方魔法师命令道。话音刚落。

十几只猴子迅速飞向空中去寻找黄金书签。

"还有，把我们带到多萝西那里。"

得到指令后，两只飞猴扶起两个魔法师，带着她们飞走了。猴王使劲儿拍动着翅膀说道："去往南方国度的魔法岛。唧唧唧唧。"

东方魔法师兴奋地大声呼喊："多萝西，你这可恶的家伙原来藏在那里！"

西方魔法师说："看到我们，你一定会吓得瑟瑟发抖。咔咔咔。"

等着吧，多萝西。
我要让你跪地求饶。

第八章 真假多萝西

稻草人和铁皮人拿出魔法手镯戴在一只手腕上。狮子花了一些时间把手镯戴在了厚实的前肢上。

三个人围成一圈，先是顺时针走了三步，再逆时针走了三步，然后同时念诵魔法咒语："迪鲁玛——达泰——托！"

一阵耀眼的光芒闪过，穿着银色鞋子的多萝西出现在大家的面前。

多萝西开心地和稻草人、铁皮人、狮子轮流拥抱致意。

之后她走到尼妮身边，握住了尼妮的手。

很高兴见到
你！我是多萝西。
它是托托。

"哇！跟假多萝西一模一样啊！但是给人的感觉却完全不同。"
尼妮惊喜地说。

　　多萝西对惊讶不已的尼妮说："我最近从格琳达老师那里学到了
很多魔法。我可以把人变成青蛙或者石头，也能解开诅咒。不论发生
什么事情，我都会帮助你的。"

尼妮快速地把最近发生的事情告诉了多萝西。

听完尼妮的话，多萝西说道："甘妮戴上了黄金眼镜？黄金眼镜被施了诅咒，戴上它后看到金黄色之外的东西或人，就会觉得丑陋、令人厌烦。但是，问题是……"

多萝西说，任何魔法都无法解除黄金眼镜的诅咒，只有本人主动摘下眼镜才可以。随后，她让大家靠近自己。

"总之，我们先去找甘妮吧。一会儿大家可能会觉得有点眩晕。"

说完，多萝西就用银色鞋子的后跟碰撞三次。

"哒哒哒！"

转瞬间，多萝西和尼妮一行人就到达了陶器城。

 刚才我们还在森林里，没想到现在已经到达这里了。太神奇了！瞬间移动啊！

 不是，这到底是怎么一回事？陶器城怎么变成一片废墟了！

 啊？姐姐在那里！

 她在找什么呢？

 姐姐！

 尼妮！你去哪里了？你知道我有多担心你吗？

 姐姐，它是稻草人……

 尼妮！看你现在都成什么样子了？还有稻草人、铁皮人、狮子也一样。我得一个一个指出你们的毛病。

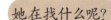 没关系，我对自己的样子很满意。我的打扮有什么问题吗？

 你们的穿着都太难看了，难看死了！快去看看我装潢的黄金宫殿，你们一定会大吃一惊的！

甘妮，你摘下眼镜，看看大家的真实样子。

 多萝西，刚才你可不是这么说的。怎么突然变得有点奇怪了？

 当然了。你一直以来见到的都是冒充我的假多萝西。

 我感觉很难说服甘妮。

 只有让她看到自己戴眼镜的样子，她才会主动摘下来。我们给她照一下镜子吧。

 我有镜子。姐姐，你看！你看看自己现在的样子！

 尼妮，我希望你以后从魔法书里只拿出来黄金，其他东西就不要再拿出来了！竟然让我用这么难看的镜子，我才不要呢！

 那么，魔镜怎么样？这样华丽的镜子，你喜欢吗？

 看起来土里土气的，不要把它拿到我的面前。你一步都不许靠近我！

 知道了，姐姐……那我们就不看镜子了。要不我们大家一起照张相吧。《绿野仙踪》的主人公难得都聚集在这里。

"好吧，这倒是没什么。"甘妮说。

多萝西一行人自觉地站在了甘妮和尼妮的后面。尼妮迅速拿出手机打开拍照界面。甘妮一看到手机屏幕上的自己就大惊失色，惊讶地喊出声来："啊啊啊啊！这不可能！我怎么变得这么丑陋？"

"因为戴了黄金眼镜才看起来那样的。赶快摘掉吧！"尼妮说。

听了尼妮的话，甘妮急忙摘下眼镜扔到地上，随即戴上了自己原来的眼镜。

尼妮如释重负，开心地把镜子递给姐姐："怎么样？现在相信我说的了吧？"

甘妮环顾四周，仔细端详着尼妮和多萝西一行人，还有破败不堪的陶器城。甘妮对自己的所作所为既震惊，又愧疚，她控制不住地放声大哭起来："我……我到底做了什么？这么美丽的城市，竟然被我弄成这样……"

甘妮陷入深深的自责中，扑通一下跪倒在地，不断地向陶器城的百姓们道歉："真的很抱歉！我会将这里恢复原样的！"

这时，尼妮的背包一阵晃动，随后托尼从里面跳了出来。

多萝西见到托尼高兴地打了招呼："大魔法师托尼！你能来到这里，一定是有什么重要的事情吧？"

"我不能长时间待在这里。我来这里，是给你们送一样东西。"托尼从身上撕下一块泥团后用力一吹，那蓝色泥块就像一个大气球一样变得鼓鼓的。随即托尼就消失不见。

"啊！这是史莱姆水晶球！"甘妮轻轻触碰一下史莱姆水晶球，里面就出现了影像。伪装成多萝西的东方魔法师正在跟西方魔法师一起谋划着一场阴谋。

史莱姆水晶球中的影像消失后，甘妮说道："我完全被她们欺骗了。"

"不是姐姐的错。之前你是被诅咒了。"尼妮心疼地安慰着姐姐。

这时，多萝西开始念诵起魔法咒语。她要召唤格琳达，寻求她的帮助。

突然，周围泛起黄色的光芒，不一会儿传来了神秘且清脆悦耳的声音。

东方魔法师和西方魔法师
都来到了这个地方。
她们说要找多萝西报仇。

认出声音主人的狮子说："您是南方伟大的魔法师格琳达！"

听到狮子的话，大家都把手指放到嘴上，示意它保持安静。

"嘘！"

狮子立刻捂住了嘴。

格琳达语调平和地说："我虽然用魔法驱赶了她们，但是她们一定不会善罢甘休。你们要多加小心！"

说完，南方魔法师格琳达随着一道黄色光芒消失不见。

"我现在想到一个办法……"

甘妮告诉大家自己的想法。稻草人、铁皮人和狮子都觉得是一个好主意，一起鼓掌叫好。

"那好，我们现在就回到翡翠城吧。"多萝西一边说着，一边用银色鞋子后跟哒哒哒碰撞三次，顷刻间甘妮、尼妮一行人就回到了翡翠城的宫殿里。

此时，东方魔法师和西方魔法师为了寻找多萝西，已经来到了翡翠城。飞猴们因为飞行了太远，现在已经累得精疲力尽。

猴王低垂着脑袋，气喘吁吁。

好了，现在三个愿望都已经实现，我们也要回去了。想必以后我们不会再见面了！

但是还没找到黄金书签啊！

之所以找不到黄金书签，那是因为黄金书签没在这个国家或者已经被穿越者拿到手了。这种情况下，我们也无能为力！

哎哟，多萝西怎么总是四处乱走啊！太生气了，真是气死我了！

安静点！广场上人们议论纷纷，好像在说一个天大的消息。

二人竖起了耳朵，施展出魔法的力量。果然，翡翠城里百姓的对话让她们饶有兴趣。

听到了吗？真正的奥兹魔法师出现了。

我们城市的名字好像要改回翡翠城。为了纪念这个伟大时刻，说是可以为每个人满足一个愿望。

不论是什么愿望，每个人都能满足一个！听说宫殿前已经排起了长队！

不能在这里浪费时间了，我也得赶紧去排队了。

西方魔法师和东方魔法师听到这个消息后，凑在一起议论起来。

突然冒出来的奥兹魔法师，不会是假的吧？

是啊。当初那两个小不点穿越者被误认为是魔法师来着，或许……

难道在她们离开翡翠城期间，真正的奥兹魔法师出现了？

也不是没有这个可能！我们去见一见就知道了。

见面后做什么？

见到奥兹魔法师后，让她替我们向多萝西报仇。这个愿望怎么样？

向奥兹的魔法师许愿？

没错！与其把我的命赌在黑魔法师身上，还不如在这里碰一碰运气！

第九章 奥兹的魔法师们

"斯嘞——斯嘞——塞西格里乌斯！"

东方魔法师利用魔法咒语，将两人瞬间移动到队列的最前面。

伪装成守门人的稻草人，为她们打开了翡翠城的宫门："请切记！不能欺骗或隐瞒奥兹大人，要实话实说。"

"知道了。"东方魔法师恭敬地回答，但是心里却不以为然。

她想："我背后有黑魔法师。他可比奥兹魔法师厉害好几倍。这里行不通的话，到时候我再回到黑魔法师那里去。"

门一打开，就听到了洪钟般威严有力的声音："快进来吧，东方魔法师！你的愿望是什么？"

东方魔法师一抬头就看到一颗巨大的脑袋漂浮在半空中。她被眼前的一幕吓得魂飞魄散，双腿像弹棉花似的止不住地打颤。不知怎么了，东方魔法师觉得此时也许应该许一个美好的愿望。

"我的愿望是……多萝西……不是，希望世界和平。"

"你这个撒谎的骗子！"

奥兹大声呵斥，宫殿都跟着摇晃了起来。东方魔法师像一只惊慌的兔子一样，火急火燎地往门外跑。

疯了似的逃窜的东方魔法师，一不留神自己的左脚踩到了右脚，直接绊倒在走廊上。

后面的暗室里传来了咯咯咯的笑声。甘妮和尼妮，多萝西和朋友们都躲在屋子里，观察着刚才发生的一切。

甘妮和尼妮伸直了双臂，开心得击掌庆祝。

"姐姐，我们的计划真是天衣无缝啊！"尼妮说。

甘妮回想着书中读到的内容，按照里面的办法来吓唬那两个邪恶的魔法师。

　　首先，稻草人、铁皮人和狮子游走在城市里，四处散播奥兹魔法师出现的谣言。巨大的头颅其实是制作精巧的模型。大家通过后面暗室里的操作装置来控制模型，以假乱真吓唬东方魔法师。

　　稻草人打开房门轻轻说道："下一个是西方魔法师！"

甘妮一行人急忙准备下一个任务。

西方魔法师从东方魔法师那里得知了房间里的状况，于是一进入房间就扑通跪倒在地。

"我的愿望是向多萝西报仇。因为那个孩子的缘故，我曾经悲惨地死去过。"

"抬起你的头。"

西方魔法师被美妙的声音所吸引，缓缓抬起头来。她没有看到东方魔法师口中的令人恐惧的巨大头颅。与之相反，眼前出现了一位美丽的公主。

公主对西方魔法师说："请你告诉我，这是你真正想要做的事情吗？"

"事实上……我想成为帅气、勇敢的王子，然后希望可以与你结婚……"

没等西方魔法师说完，公主便厉声呵斥道："闭上你的嘴！"

突然，公主的嘴里冒出一股炽热的火焰，点燃了西方魔法师身上的衣服。惊慌失措的西方魔法师连滚带爬地逃了出去。

暗室里又传出了欢乐的笑声。

"姐姐，你模仿公主的声音可真好听！"听到尼妮的夸奖，甘妮噗哈哈哈笑了出来。

这时，稻草人慌乱地跑过来说："出大事啦！带着翅膀的飞猴正向这边赶来！"

话音未落，飞猴们就呼啦啦啦一拥而入。

"让我们也见一见奥兹魔法师吧！"

"是的，我们也想自由自在地生活！"

"我想成为动物之王！"

飞猴们吵吵嚷嚷，七嘴八舌地说着自己的愿望。

暗室里的甘妮和尼妮被这突如其来的状况搞得措手不及。甘妮对多萝西说："多萝西，怎么办才好啊？情况太突然了。"

"这些猴子们一旦发起火来，就会失去理智，导致行为失控。到时候可就难办了。"多萝西为难地说。这时，铁皮人拿着斧子站了出来。

糟糕！

唧唧！

啊啊啊啊！

尼妮，快点从魔法书中找找办法。

知道了，这里……

快点出来吧！拜托了……

啊！怎么突然间……

托尼！请你把自己的身体膨胀变大！

呃，啊啊阿！这是要做什么啊？

听了甘妮的话，托尼像气球一样圆鼓鼓膨胀起来。托尼越来越大，最后巨大的身躯逐渐变成黏液状，塞满了整个屋子。

托尼按照甘妮的指示，这样说道："我是奥兹的魔法师。你们竟敢在这里撒野！"

"奥……奥兹大人出现了！"

"奥兹大人，您太黏稠了。"

"求求您放过我们。我们身上的毛都要被黏液拔掉了！"

托尼变幻出好几个臂膀，抓起猴子就推到墙角处。

"唧唧唧！奥兹的魔法师果然名不虚传啊。"

"在这种情况下，你也能说出夸赞的话？吱吱。"

其余的猴子看到这种情况，吓得拔腿就跑。它们争先恐后冲向门口，结果一个个被绊倒或滑倒，人仰马翻，乱作一团。

看到猴子们狼狈不堪的样子，甘妮和尼妮、多萝西笑得前仰后合。

多萝西捡起了东方魔法师掉落的金帽子："这个要重新放回地下室里。"

"等等，多萝西！你能把帽子给我一下吗？"甘妮从多萝西手里接过金帽子戴在自己头上，随后开始念诵咒语。不一会儿，逃跑的飞猴们发出阵阵哀号声，极不情愿地从四面八方赶了过来。

"我们实在是太累了。快点下达三个命令吧。"

"把残毁的陶器城恢复到原来的样子！"

"这个简单，大概一天就能完成。剩下的两个愿望是？"猴王问。

"把翡翠城也恢复原样吧。"

"没问题。那个也只需要一天左右的时间。最后一个愿望是？"

这时，尼妮挤到姐姐身边："姐姐！我有一个好主意。"

尼妮在甘妮耳边悄声低语。

"你跟我想得一模一样！"甘妮兴奋地大声喊道。

尼妮会心一笑，说："那还用说。我们可是亲姐妹啊！"

甘妮面带笑容，不紧不慢地下达最后的命令。

"好吧，我要说最后的愿望了。今后，金帽子的主人念诵咒语，你们也不用千里迢迢赶来了。从此你们自由了！"

"啊啊啊啊啊啊！！！"

听了甘妮的话，飞猴们感激涕零，它们一一道谢后飞离了宫殿。

"多萝西！现在请听听我们的诉求。"狮子用满怀期待的眼神望着多萝西，恳切地说。铁皮人和稻草人也向多萝西走近了一步。多萝西向三个朋友伸出了双手，然后静静地闭上了眼睛。

紧接着，她说："好了，现在一切都好了。"

"多萝西，什么好了？"狮子歪着脖子，疑惑地问。

多萝西接着说："难道你们感觉不到吗？我用魔法解开了你们每个人的烦恼。"

"啊啊……真的吗？你这么一说，我的脑子好像清醒一些了。"稻草人兴奋得手舞足蹈。

铁皮人和狮子也欢呼雀跃着，都说自己感受到了魔法的力量。

　　"我跟你们开玩笑呢。"多萝西抿嘴一笑说。

　　"朋友们，世界上哪有那种魔法呀！你们得自己想办法解决问题。你们已经拥有了改变自己的能力！甘妮和尼妮也一样。我们后会有期啦！"

多萝西笑盈盈地环顾了大家。随着"哒哒哒"银色鞋后跟碰撞三次的声音，她就消失得无影无踪。

看到这一切，尼妮若有所思地自言自语："我们已经有能力……或者……"

尼妮犹豫片刻，从口袋里掏出了旧书签，然后将书签插入魔法书中。突然间，她们周围被耀眼的光芒所笼罩。

"就是这个！这就是真正的黄金书签！"

"原来从一开始你就已经拥有它了，尼妮！"

一条金色的光带围绕在甘妮和尼妮身边。

尾声　五颗星星

　　回到家的甘妮紧紧抱住了妹妹："尼妮！一个人冒险一定很辛苦吧？对不起。"

　　"没关系。姐姐不是被魔法控制住了嘛。"尼妮说。

　　"我不在身边的时候，你在奥兹国经历了什么样的冒险啊？快点说给我听听。还有,你一定吃了很多好吃的吧？"

　　甘妮虽然从托尼的水晶球里看到了当时的画面，但是还是想听妹妹再仔细讲述一遍。

　　尼妮挽着胳膊，俏皮地耸了耸肩膀："我吃了很多美食呢，还看了很多神奇的景象。"

　　"快点说吧，我太好奇了。你拍照了吗？"

　　甘妮急切地催促着，而尼妮却舒服地伸了个懒腰。

　　"如果你给我做一个精美的日记本，我就告诉你。"

　　听了尼妮的话，甘妮撇了撇嘴。然后，她用彩笔和贴纸把尼妮的日记本装饰得玲珑可爱、充满童趣。甘妮把日记本递给尼妮说："在幻想王国经历了很多事情，我给你多画了几行格子。"

　　"嗯……虽然挺可爱的……但是这个不行。"尼妮说。

甘妮不解地反问道："为什么？因为什么呀？"

"树宫的料理那里，要画上五颗星才行！"

"好不容易才弄完日记本，你真是……"甘妮不甘心地说道。

"就像姐姐你曾经说过的，日记本还是要自己动手做才是最好的呀！"

尼妮哈哈大笑起来，甘妮也忍不住笑出了声。

寻找绿野仙踪

为了寻找给人排忧解难、实现愿望的奥兹魔法师，大家一起向城堡进发。谁能够最快到达那里，并得偿所愿呢？

托尼把甘妮和尼妮邀请到聊天室里。

 你们见到奥兹魔法师了吗? 都许了什么愿望啊?

 还许愿呢! 姐姐当上了翡翠城的市长, 扬言要将城市改头换面。我为了解除姐姐身上的诅咒, 忙得不可开交!

 我做梦也没想到, 甘妮竟然会被魔法控制。

 戴上黄金眼镜后, 我看到金色以外的颜色或物品就会感到一阵厌恶……都说眼见为实, 看来我是信以为真了。

 就像甘妮戴上黄金眼镜一样, 原著里翡翠城里的人们都戴上了绿色眼镜, 所以看到的世界也全部都是绿颜色的。

 奥兹的魔法师可真厉害啊。我们到那里的时候, 奥兹魔法师已经离开了。稻草人取而代之, 成了翡翠城的市长。当时它陷入了深深的苦恼中, 导致无法正常工作。

 还有, 姐姐成了"随心所欲的市长", 把城市搞得乱七八糟的!

 哈哈哈, 好了……不管怎样, 你们是不是被作者无与伦比的想象力震撼到了呢?

 没错, 奥兹东西南北四个方位的国家, 建筑颜色都不相同, 风格特点也各有千秋, 真的很棒!

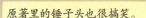 长着翅膀的飞猴, 像这样的角色就很有趣。

 原著里的锤子头也很搞笑。

 是啊。作者给故事里的人物起的名字别有风趣。《绿野仙踪》系列第三册中出现的发条机器人的名字叫TikTok。你们经常听说吧?

 想象力怎么能如此丰富呢?

 好吧, 那我们来了解一下创造出奥兹王国的作者本人吧。跟我来!

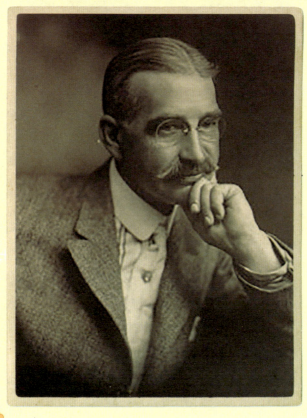

莱曼·弗兰克·鲍姆

Lyman Frank Baum

1850年—1919年
美国著名儿童作家
被誉为"美国童话之父"

创作出《绿野仙踪》的莱曼·弗兰克·鲍姆，1856年出生于美国纽约的一个富庶的企业主家庭。他从小就患有先天性心脏病，童年时代几乎都是在阅读中度过。弗兰克兴趣非常广泛，在成年后他从事过各种职业，包括记者、编辑、演员、公司职员、小农场主、杂货店主等。他耽于幻想，待人亲近随和，遇事优柔寡断。这种性格使他在商业社会里，几乎处处遭遇失败。

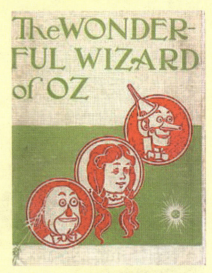

1900年出版的《绿野仙踪》初版封面

他的妻子莫德·盖奇了解弗兰克的才能，知道丈夫一直梦想成为"美国的安徒生"。她总是无条件支持丈夫，并鼓励他将每晚哄孩子们入睡时讲的童话故事写成小说。作为当时著名女权运动家的丈母娘玛蒂尔达·乔斯琳·盖奇也经常激励弗兰克。

在两位优秀女人的大力支持下，弗兰克最终得以完成《绿野仙踪》的创作。《绿野仙踪》是美国儿童文学史上，20世纪第一部受到赞赏的童话，从最初出版一直行销至今。你知道这个系列有14本书吗?《绿野仙踪》第一部问世以来，弗兰克从1900年至1919年去世为止，一共发表了14部童话故事。另外，《绿野仙踪》第一部出版后，第二年就被搬上了音乐剧舞台，问世百年以来被翻译成20多种语言出版，根据该故事改编的动画片、电影、舞台剧等更是不计其数。

同时，作者弗兰克主张，当时无法参与政治的女性也应该有投票权，女性也有话语权。他将这种理念灌输于《绿野仙踪》系列丛书中。把《绿野仙踪》的主人公塑造成积极又充满正能量的女性角色，也可能是出于这种想法。

甘妮和尼妮与奥兹国的主人公们一起合影。两张照片有十处不同的地方，你能全部找出来吗？

我已经都找到了。尼妮，你要加油咯！

再给我点时间。我也几乎都找到了！

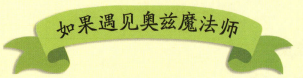

如果遇见奥兹魔法师

如果今晚可以在梦里见到奥兹魔法师，你想跟他说些什么呢？为了避免初次见面时的紧张，我们提前练习一下吧。

想要解决的三个烦恼

1.

2.

3.

想要完成的三个心愿

1.

2.

3.

如果书中的人物来找你诉说烦恼的话，你会怎么做呢？如果你是奥兹魔法师，想要如何安慰他们呢？请将内容记在下面。

因为胡思乱想，
总是睡不着的稻草人

因为心肠软弱，
总是优柔寡断的铁皮人

因为没有朋友，总是感到孤单的狮子

有哪些温暖的话要对自己说呢？我们不妨记下来吧。

真不错!

加油啊!

你最棒!

大揭秘

看图找不同参考答案

图书在版编目(CIP)数据

绿野仙踪大斗法/(韩)安成燻著;赵英来译;(韩)李景姬图. 一福州:海峡文艺出版社,2023.11(2024.1重印)
(魔法图书馆)
ISBN 978-7-5550-3527-5

Ⅰ.①绿… Ⅱ.①安…②赵…③李… Ⅲ.①儿童故事－图画故事－韩国－现代 Ⅳ.①I312.685

中国国家版本馆 CIP 数据核字(2023)第 207385 号

绿野仙踪大斗法

[韩]安成燻 著　　赵英来 译　　[韩]李景姬 图

出 版 人	林　滨	
责任编辑	邱戊琴	
编辑助理	吴飚茉	
出版发行	海峡文艺出版社	
经　　销	福建新华发行(集团)有限责任公司	
社　　址	福州市东水路 76 号 14 层	
电话传真	0591—87536797(发行部)	
印　　刷	福州德安彩色印刷有限公司	
厂　　址	福州市金山工业区浦上标准厂房 B 区 42 幢	
开　　本	720 毫米×1010 毫米　1/16	
字　　数	80 千字	
印　　张	8.75	
版　　次	2023 年 11 月第 1 版	
印　　次	2024 年 1 月第 2 次印刷	
书　　号	ISBN 978-7-5550-3527-5	
定　　价	29.00 元	

如发现印装质量问题,请寄承印厂调换